不愛祕密的國王

文｜金·弗瓦桑（Kim Froissant）　圖｜泰奧菲爾·蘇特（Théophile Sutter）　譯｜吳愉萱

親子天下
Education · Parenting
Family Lifestyle

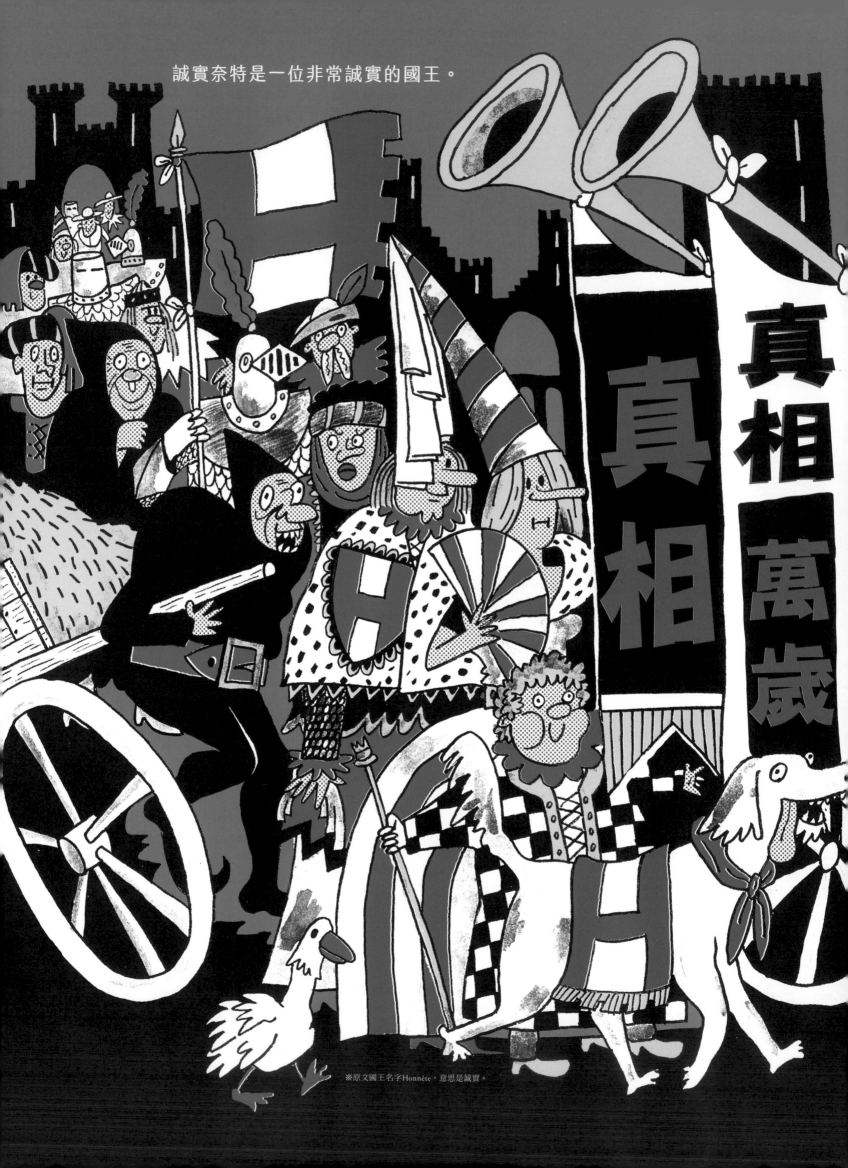

誠實奈特是一位非常誠實的國王。

※原文國王名字 Honnête，意思是誠實。

他熱愛真相，並熱衷於捍衛真相。

所有事情都要說得明明白白，
不含糊委婉，不拐彎抹角。

事實就是事實，
不是童話故事！

他將滿口謊言的貴族和口是心非的大臣逐出宮廷，
把他們關在不見天日的地牢裡。

※左原文Mensonge，意為謊言；右原文Duplicité，意為偽善、口是心非。

在他的統治下，人民過著安穩又自由的生活。
但是這樣的平靜生活並沒有維持很久。

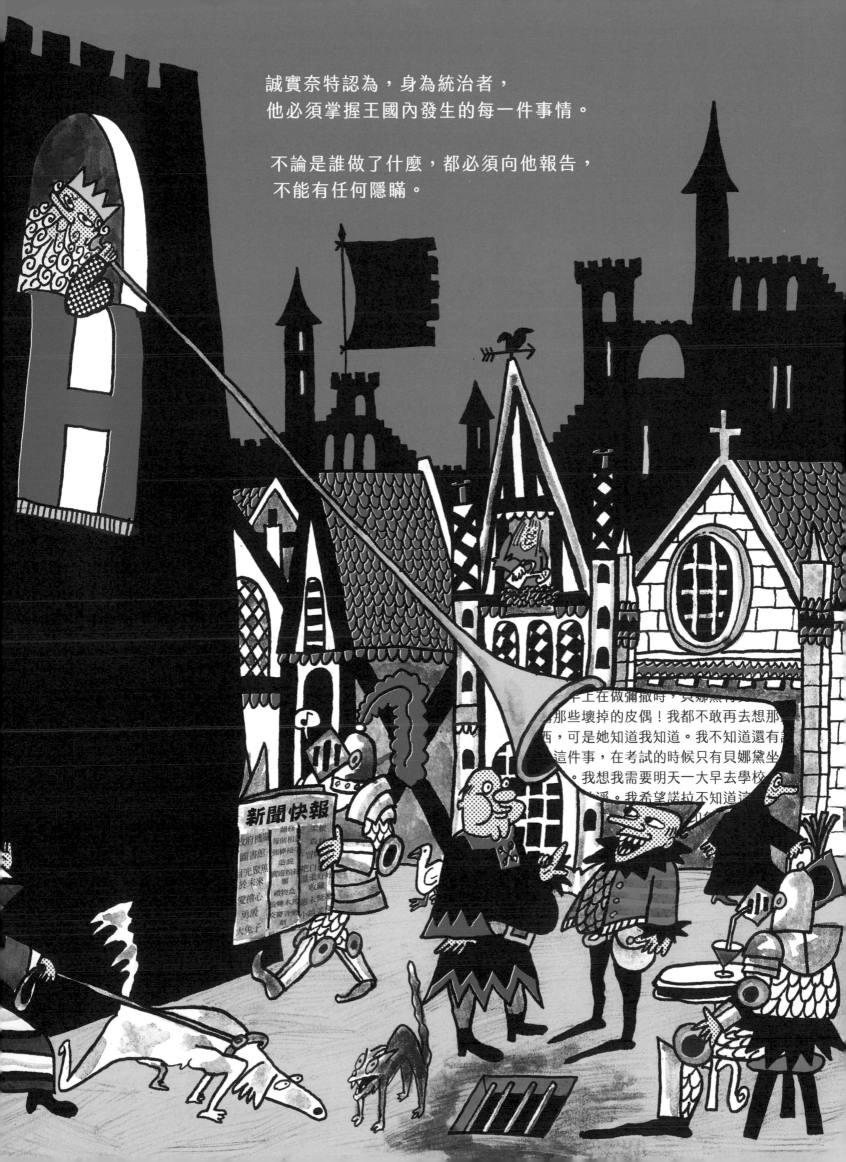

誠實奈特認為，身為統治者，
他必須掌握王國內發生的每一件事情。

不論是誰做了什麼，都必須向他報告，
不能有任何隱瞞。

※原文首相名字Franchise，意思是坦率。

首相坦率西斯年紀大了，打算退休。他一向為人正直，深受人民喜愛。
誠實奈特不知道該找誰來接替他。

國王想到了兩個人選，
但他還沒決定讓誰擔任首相。

其中一人是理性萊斯，
他很有智慧，做事小心謹慎。

另一個人是狡猾利斯，
他野心勃勃，為了實現目的，犧牲無辜也沒關係。

國王召見他們，請他們發表演說，
想了解他們的想法。

※理性萊斯原文名Raison，意指理性；
狡猾利斯原文名Malice，意指惡意狡詐。

理性萊斯首先說道：
「如果我擔任首相，每個決定都會經過深思熟慮。
凡事都要慎重思索，這一點很重要。」

接著輪到狡猾利斯發言：
「如果我擔任首相，這個國家將不再有祕密，
任何人都無法隱藏真相。」

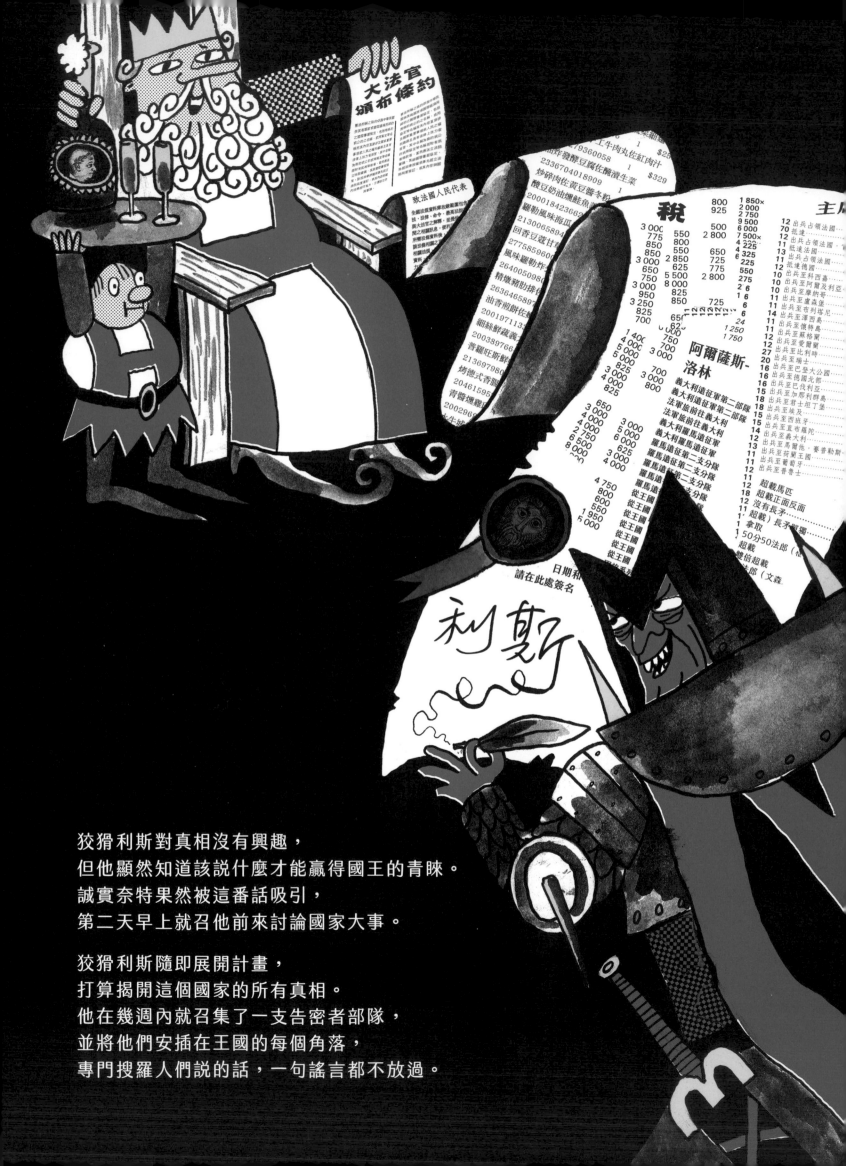

狡猾利斯對真相沒有興趣，
但他顯然知道該說什麼才能贏得國王的青睞。
誠實奈特果然被這番話吸引，
第二天早上就召他前來討論國家大事。

狡猾利斯隨即展開計畫，
打算揭開這個國家的所有真相。
他在幾週內就召集了一支告密者部隊，
並將他們安插在王國的每個角落，
專門搜羅人們說的話，一句謠言都不放過。

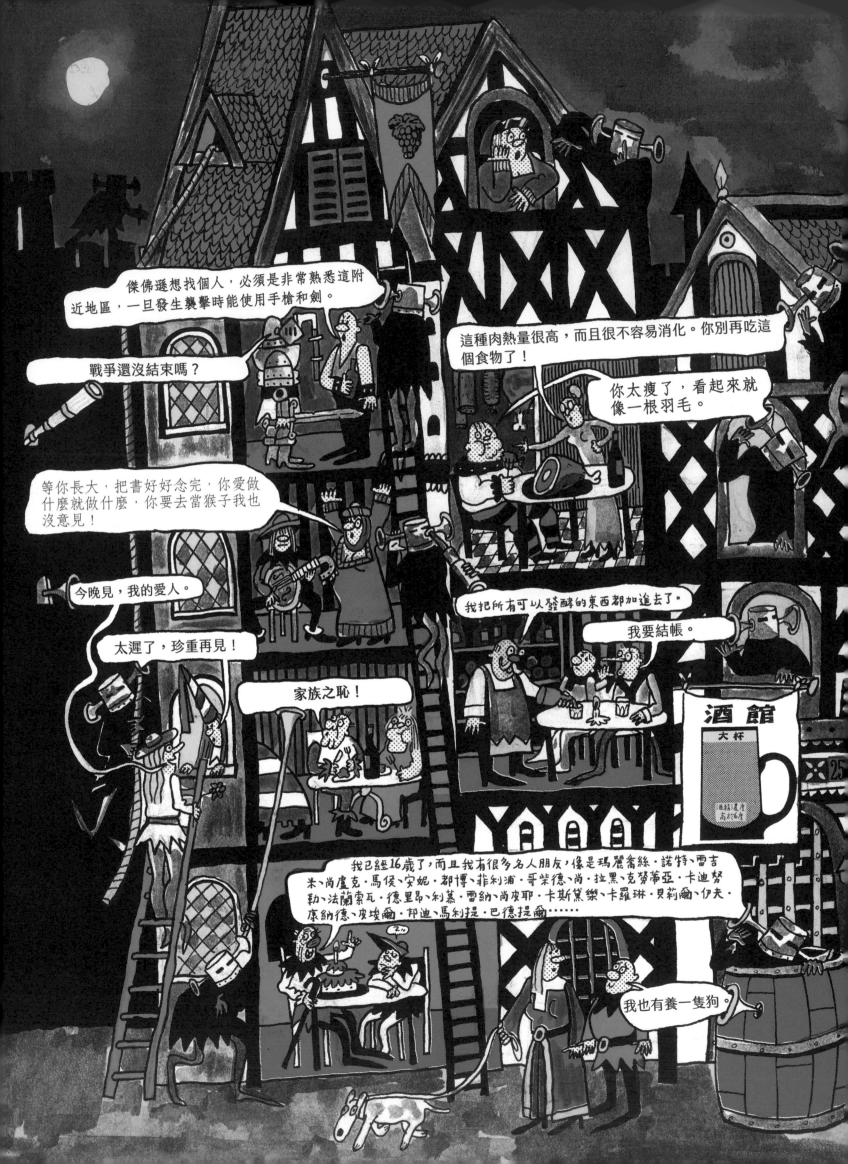

全國上下籠罩著恐怖的氛圍，
沒有人敢隨便說話。

人民生活在恐懼之中，
連睡覺的時候，都擔心床下躲著告密者。

這一連串的改變讓理性萊斯憂心忡忡，
他向國王提出單獨會面的請求，
說有重要的話想告訴國王：
「小販的閒聊都是不重要的蠢話，聽過就忘了；
甜點師傅的祕方被大家知道了，要怎麼做生意呢？
至於對天使的崇敬與讚美，那屬於個人的信仰。

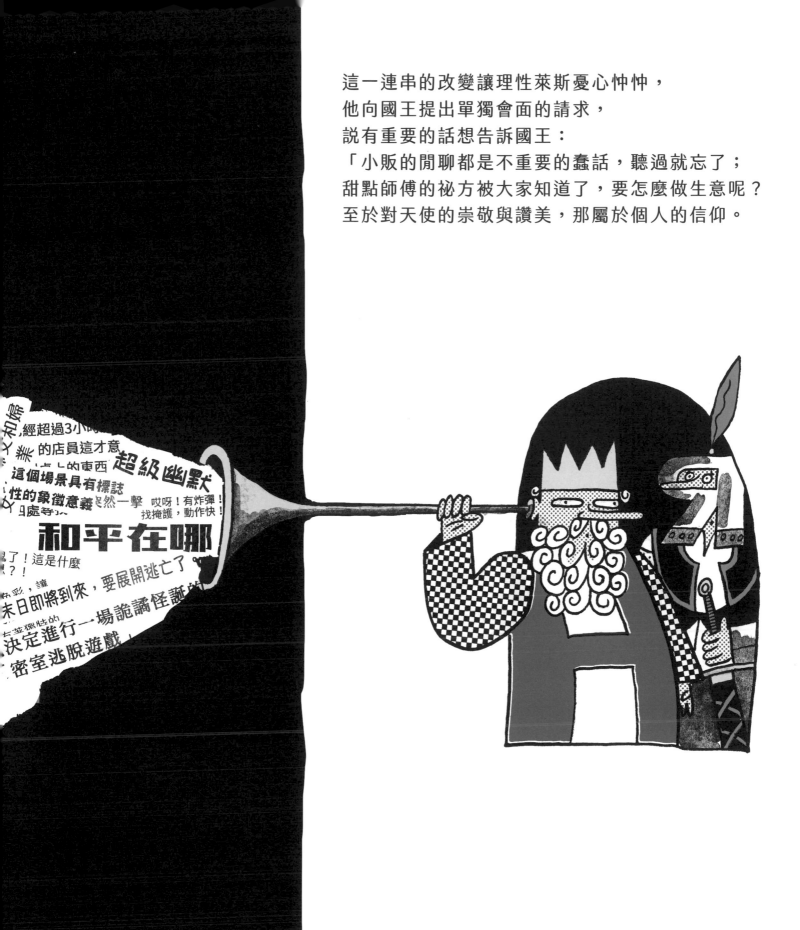

陛下，過分的好奇心是不健康的。
如果您堅持這麼做，情況很有可能會變得更複雜。

陛下，我必須告訴您，人民不喜歡現在的您。
我擔心我們的國家即將爆發革命。」

這時，躲在門後偷聽的狡猾利斯
衝進國王的小房間。

「陛下，你要相信我，
理性萊斯是叛徒，是叛軍領袖！
我們應該把他關起來，
才能避免這場革命爆發。」

「你說得對。衛兵，抓住理性萊斯，
把他關進最裡面的地牢！」國王喊道。

「如果這就是您的決定……我會自己走進地牢。
不過您一定會後悔的。」理性萊斯說。
看到原本的好國王變成現在這個樣子，他感到很難過。

第二天，理性萊斯的預言成真。
革命爆發了。

推翻真相暴政！

一大早，城堡前面出現了一輛車，
車上載滿了被綑綁的告密者。

這些人的額頭上被刻了：
推翻真相暴政！

人民的裸體遊行讓誠實奈特感到既羞辱又羞愧，
他終於理解自己輕率的行為和錯誤的好奇心帶來什麼後果。
他召見狡猾利斯，打算追究責任，但狡猾利斯已經逃走了。
憤怒的國王立即命令衛兵追捕他。

過了不久，狡猾利斯被帶到國王面前。
國王將挑撥離間的狡猾利斯驅逐出境，
並任命理性萊斯為首相，恢復了他的名譽。

現在國王了解，
把所有事情都說出來不一定是好的，
沉默也不一定就是不誠實。
懂得尊重隱私才是成熟的表現，
每個人應該擁有自己的祕密花園。

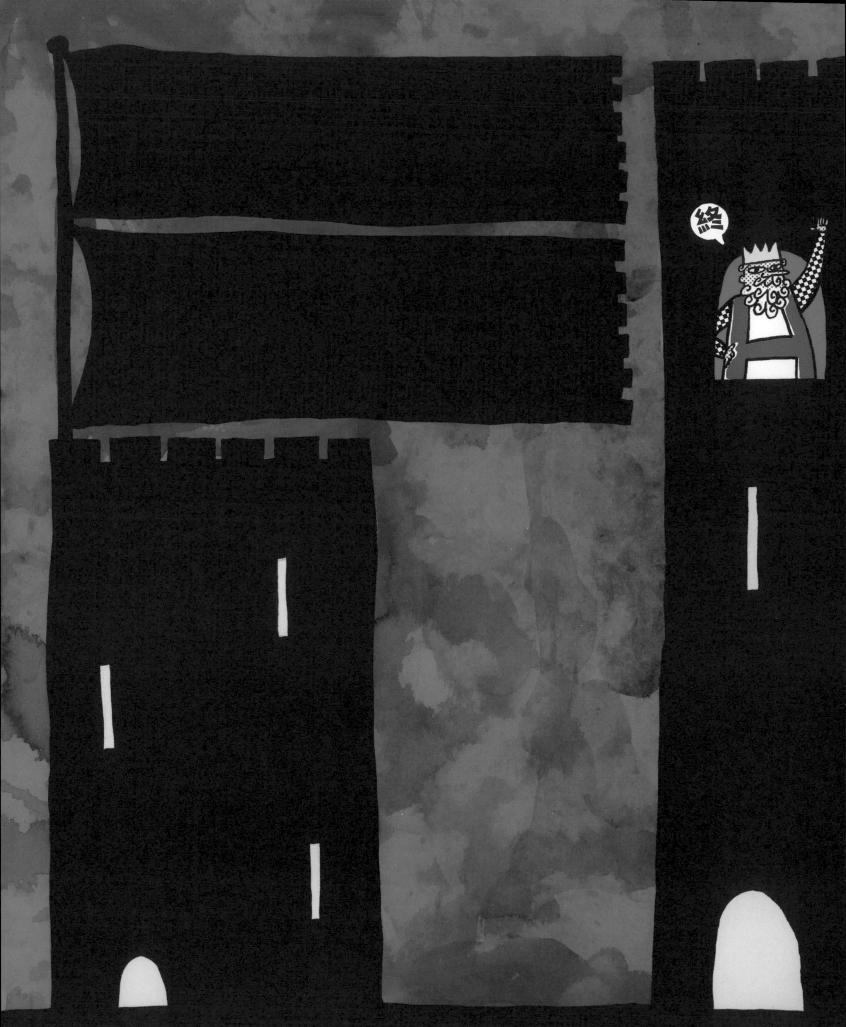

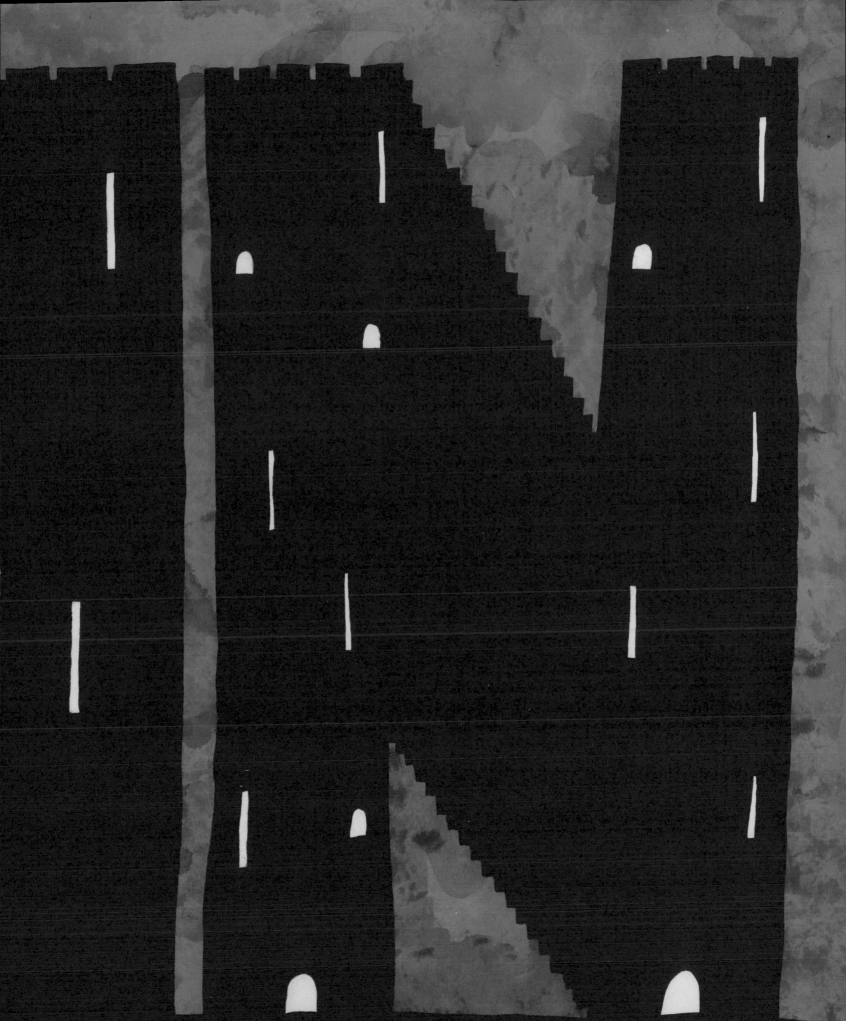

金·弗瓦桑撰寫內文

人稱「不朽的」
泰奧菲爾·蘇特繪製插畫